灯光下

渝儿

著

长江出版传媒

长江文艺出版社

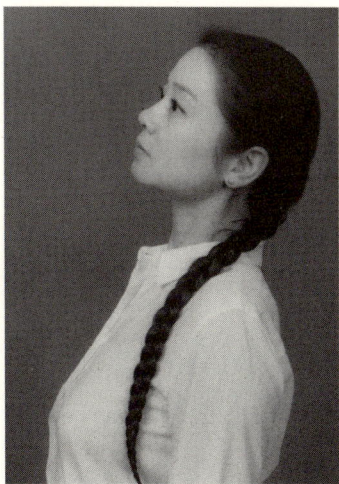

渝儿

诗人、舞者。多年来一直游走在各艺术门类，从舞蹈身体语言延展到视觉艺术空间，继而将感触到的视觉经验转换为文字形式。跨界、游离，尝试创作的各种可能性，探索和实践多样化的个人表达。

诗的舞者（代序）

当远在云南大理陪伴家人的渝儿电话告诉我，她要出版一本个人的诗集，并于当天托人给我送来一本厚厚的她的打印诗稿，我确实有所感慨并惊讶她诗歌创作的激情和能力。要知道这些诗只写了几年的时间。她最初写诗是在 2015 年的 11 月，她出生的月份。我记得那年她突然写了几首诗让我看一看，我想我应该是她最早的读者。她的诗句竟如同梦一般神奇，那种感觉有点儿魔幻。她写得也随意，重要的是她的语言恰到好处。我当时就觉得她如果想成为一个写诗的人就该继续写下去，我把这话告诉了她。

谁都不知道一个人最终会是什么样的人，也想不到一个人在生命的过程中会有怎样的变化。就如我所了解的渝儿，她当初给我的印象是个身材很好相貌端庄的舞者，因我听说过她专业是舞蹈，往高了说是个舞蹈家也不为过。她是重庆人，小的时候便开始从事艺术体操。后来成为专业的舞者，工作在上海某艺术团体。她还自编自导自演过一些舞剧，这是后话了。

我与渝儿这么多年交往还是源于她的丈夫老岳，也就是当代艺术名家岳敏君。2010 年我初到位于北京东部的被称为画家村的宋庄不久，比我早到此地十年有余的老岳请我喝酒。那天就我们俩喝，渝儿在旁边陪着，没谁劝说，就是莫名地高兴，一通猛喝，我们二人竟然一人喝了一瓶半北京二锅头，结果很是惨烈，过后听渝儿讲我和老岳都出溜到桌子底下了，全靠她一人忙活。从那以后我和老岳便成了铁打的酒友，只要相聚就会开喝。

翻阅渝儿的诗稿，发现 2016 年是她写诗最多的一年。她把她所见所想所熟知的生活都用语言形成了诗篇，而且诗句独特，与我读过的任何诗人的诗句都不同。一个舞者有着自己的肢体语言，渝儿的诗就像个舞者，她能够让自己的诗句舞动，使人能够欣赏到一种动态的美。

翻阅这厚厚的诗稿我也有些纳闷，她哪来的时间去写那么多诗？在我的认知里渝儿是个每天忙于许多事情的人，不说她有一大家子人，家里的事主要都由她操持，就说她和老岳结交的朋友便有许多。她总会不定期地招呼一些朋友到家里或是在老岳工作室的大院里做客，好酒好菜地款待着，这种欢聚我都记不住参加过多少回了，每次聚会也都是由渝儿操办，而老岳只管与诸位好友畅聊喝酒，最终酒醉人散，留下杯盘狼藉一片。再有，她从小便养成了练功的习惯，每天不练不成，不练或许难受。这是我亲眼所见，两年前我和老婆孩子应渝儿和老岳邀请去了趟大理，那些日子就住在他们在山水间的独栋别墅里，楼下有一间便是练功房。她和她的女儿都在此练功，她女儿随她也喜欢艺术体操，还经常去参加各种比赛，每次都由渝儿陪着。渝儿的功夫至今不减当年，她做出的动作的难度令我吃惊。这或许是她保持身材的最好方法，也怪不得她总是显得充满青春活力。

更难得的是她把自己所熟悉的日常生活都写成了诗，包括孩子和朋友，包括心事和舞蹈，她写她最熟悉的和感受最深的事物，她写自己与别人不同的生活与经历，写自己的体验和感觉，写别人写不出来的诗句，是的，这才是诗歌写作的根本。我真的很纳闷，渝儿是利用什么时间和在什么状态下写出这些诗的呢？

与渝儿交往多了我发觉她的心态始终很平和，我从没见过她面有怒色和发火。这倒不是说她没有脾气，她个性鲜明并有着良好的教养。她对她所认可的朋友都很包容，从不说人是非，也听不得别人去说，能做到这一点的人确实不多，但她就是这样一个人。她这种平和的心态也表现在舞台上，先不说她的舞蹈表演，只说她面对听众朗读她的诗。在此提一下北京诗歌节，这是每年举办一次的由众多老少诗人们自发举办的诗歌盛会，已经办了五届了。渝儿是每一届的参与者。诗歌节重要的活动就是诗人朗读自己的诗，在座无虚席的听众面前，渝儿朗诵的声音与她的诗仿佛结合成一个完美的舞者，从容而又淡定，轻柔又透着自信，使人赏心悦目。

说到朗诵诗，我想起了 2019 年我们两家人和朋友的古巴之行。起因是古巴的首都哈瓦那建成五百年纪念，邀请了世界各地五十个国家的二百多位诗人参加在哈瓦那举办的国际诗歌节。为此古巴出版了一本中古诗人诗集，选译了我和渝儿的诗，也邀请我们一同参加这次盛会。组委会安排我们朗诵的场次比较多，场地和场面各不相同。我推脱身体太累只参加几场不得不参加的，其他的便全由渝儿代劳了。渝儿在朗诵现场是个很受欢迎的人物，她每次朗读完后得到的都是掌声和拥抱。尤其精彩的一次是她自编自导自演的舞蹈《幻月》，这个舞蹈的表演者只有两个人。渝儿的好友与合作伙伴也来到了古巴。演出是在一座古老的教堂里，当各国诗人朗诵完毕，《幻月》表演开始。这是组委会特意安排的。说实在的我很难用文字准确地描述她们肢体的语言，最好的理解方法还是读一读渝儿的诗。演出过程中整座教堂很神圣，那么多的观众都静悄悄的，真可谓是鸦雀无声。演出结束后掌声久久不息，在场的诗人们皆称赞《幻月》是诗一般的舞蹈。

此行古巴要说记忆最深的就是我们去哈瓦那最大的雪茄制造厂给工人们朗诵诗的事了。当地有个传统，就是时常会请一些诗人和作家去工厂给工人们朗读自己的作品。工人们一边手工制作雪茄一边听着。因厂房巨大工人众多必须要用麦克风。工人们听完一段朗读，不管听懂没听懂，都会报以热烈的回响，这响声便是他们用手里的工具敲打台面，那真叫一个震耳欲聋。这次朗读者只有我和渝儿，朗读结束，厂里的领导就象征性地赠送我们每人一支顶级的雪茄表示友谊和感谢。而这时在台下工作的古巴男女则疯狂敲响手中的工具，并且呼叫着。更热闹的还在后头，我们穿行于工人中间准备离开，渝儿为回报热情的工人们忽然跳起了舞蹈，她腰肢扭动舞姿，真是绝了，这引得本来就善长歌舞的古巴年轻人纷纷放下手中的活儿跟着跳了起来，这场面完全变成了一片狂欢！

这就是渝儿，一个舞者的诗人，一个诗的舞者。

芒克

写于 2020 年 6 月

目　录

撇捺的印记

手指在昏暗里移动
触碰便瞬间落地

两具紧贴的身体
缝隙是无尽的孤寂

头触摸手　手轻捧头
连接彼此是身体的记忆

双手摇晃不安的身腰
双臂缠绕不舍的情丝

躲闪腾挪是欲望的处理
揉捏翻滚有闪电般的开阖

灵魂划过身体
身体便举重若轻

黑暗的光线里
一个搂住另一个身体

群灯骤亮只剩另一个
怀抱着永恒的空虚

2015. 11

废　墟

坍塌的城堡托起灰色的天空
猩红的猴子奏响悲悯的咏叹
游荡的旋律一如幽暗的人群
簇拥里吐出窒息的声音

看脚下的砖头和铁器
沾满暴戾的气息
深不可见的夹缝
正摄取众目睽睽的思绪

愤怒的斑马抬起双脚
想要践踏数学方程的藩篱
摇晃的小马满眼都是不安的期许
仰视，处近，俯看
灵魂在注视里矮去

喘息的骡子深情于竹竿上
那一条红
咒骂的猩猩手指昂首的肌肉
骑士身披战袍遥想身后的铠甲

绿色的恐龙紧随奔跑的骷髅
血雨腥风里奔向万劫不复

无助的大熊注视着悲伤的眼睛
烽火连天里尽是无谓的游戏
超人小鸟扇动机器的翅膀
瞬间招来欣喜的精灵
垃圾场里
吟唱宏大的废墟

2015. 11

梦　境

灰蓝色的天空屹立了烟囱
黑色的镣铐找寻它的线索
乌鸦衔住血淋淋的一只脚
像得胜的将军吹响凯旋的号角

看呐，这边有太阳
它是城楼下正撩开的裙摆
那边没有太阳
手握的尖刀面对昂首的笑魇

骡子长出鬃毛
兔子戴上羚角
斑斓掩饰了厚重的忧伤
坦克里飞出光溜溜的身体
粉红的心快乐无比
小猪开口说话
身体迸发鲜花
CCTV 的鱼不再沉默无话

蓝色未能罩住黑夜

大抹的黄砸向不羁的双眼

背影眺望闪耀的星星

黑色的翅膀装饰了绿色的梦境

2015. 11

天　空

红色月亮镶在灰色天空
土地浸染了黑色枝头
依偎的身影凝望满目的笔触
树干的泪滴流淌着寂寥的节奏

奔跑中相遇
碰撞里叹息
曼妙屠杀美丽

蓝色光线缀满薄雾的身体
快乐是种疼痛
用来掩饰狂躁的思虑

身影挥手苍穹
大地长出生息
螃蟹拽住快飞的风筝
脚趾间托起五彩的火炬

月亮爬上太阳
星星开始慌张

孩童面向天使的翅膀

环系行星悬挂天空
散发莹莹绿
模糊的人群由浅至深
发出亘古的声音

2015. 12

起　风

天空出现鱼肚白
太阳慢慢升起
奔跑的脚步在风中响起

竹子划出弧度
树叶没了踪影
天空只剩交错的线条勾勒风景

脑海闪现意念
瞬间汇成珠玑
必须把它吐露干净

屏住呼吸
是为着最后一抹纯净

听风声穿过枝丫
沙沙的旋律骤起
惊喜的鸟雀加入奏鸣
和声堆里依旧是昨日凝结的余悸

2015. 12

记　忆

被牵扯的黑夜很长
光滑如发丝般伸向远方
距离长出围墙
一点点横陈了关联的目光

风还是地中海那一阵
月光里吹过温柔的宁静
海边的山丘披着蓝色的光阴
残存少女般的温情
被镶嵌进海市蜃楼的记忆

匕首扎进躯体
灵魂瞬间安宁
奔涌的血脉四处散去
五味杂陈的土地收拾故乡的记忆
给流离的心灵
一个现实的废墟

2015.12

思　绪

每个黎明的黄昏
生命的看护便来敲门
沉睡的身体一片混沌

孕育生命的温床
在光线里骤黑骤亮
催促着思绪的张扬

黑暗中思考
白昼里慌张
渺小驱使宏大

把诗句扔进对话
词语溢满悲剧倾诉直面心情
悲伤奔涌而起

孤独蚕食躯体
鼻翼不能呼吸
尖锐容纳不下悲情

灵魂悄悄升起
双脚走向空灵
精神倾斜在阴影里

狂躁身体长出耀眼的羽翼
脆弱而透明
战栗铺陈在血色天空里

2015. 12

夜　宴

华灯初现的空间
过去和现在一起并列
凛冽穿过风声
却没有透过树影婆娑的冬夜

越界
像穿梭古今的游魂
雾霾深重里饶有趣味

丢失脑袋的身体
在灯光里展示千年的沧桑
被肢解的头颅
炫耀满脸斑驳的笑容

历史的雕像罗列在时光的书架
黑与白的盛宴
被堆放在雾色浓烈的街道

觥筹交错的书写
是历史记录酒精的豪迈

粗犷不羁的喝彩
隐藏背影身后的忧怀

行笔穿越了
从宣纸里走出的形态
用词语换回的目光
是他山之石萃取的况味

2015. 11

兔儿鱼

飞机横过白墙
光影长出蘑菇云
锯齿锋利是天真的意趣

山石模糊材质
麻布披挂故事
肇事者隐匿真相
混淆故事的构想

兔儿鱼从水中爬起
小鹿山吐出生气
黄、绿、灰的颜色
堆积棉花糖的关系

古拙黄牛自经典里走出
少年牧歌
从炎帝的春天唱响至冬雪黄昏
被大片的绿处置得干净

房子裹上白糖

烟囱用来观赏

所有的房间不放衣服、家具

只安放儿时的梦想

2015. 12

败　坏

天空败坏云朵
雨水败坏土地
房子败坏建筑
灰喜鹊掠过马路败坏尾气

败坏的风俗沐浴新衣
败坏的石榴撑破肚皮
败坏的树枝插进花瓶
去扮演一个虚假的美丽

书写败坏笔迹
音乐败坏声音
败坏果实的麻雀在枝头跳来蹦去

山川败坏河流
河流败坏大地
汽油败坏汽车
汽车败坏人群

雾霾深重里

拿什么去败坏

一具鲜活的躯体

还拿什么去败坏

一个即将铺陈开来的生命

2015. 12

改写暮春秋色

千古清风
穿万千丘壑
消融光阴染尘埃

暮春秋色里
晚来经过
云落空白处
幻生凋落

多开阔
手挥风里起捕捉
天下骤雨濯清池
或者
光阴归来一并殡埋

2015. 12

庭　院

云停雾罩
天光喑哑
坐看风不来

竹枝静候
树丫林立
装饰黄色风景

绣球枯萎
叶片藏雪
剩一只、一簇，零落一片

想过往烟云
落今日尘埃
待暮色苍茫

2015. 12

元元的世界

春天是黄色的
夏天是绿色的
秋天是橘色的
冬天是蓝色的

色彩是孩子述说的
颜色是大人看见的
手指里捏着的
是一个未来的真相

数字 6 是绿色
数字 5 是红色
数字 8 是蓝色
数字 9 是紫色

数字是抽象也是具体
有温度也有气息
像孩子眼里的茶叶
是妈妈脸上的皱纹

2015. 12

练 习

足尖脚背上的身体
控制在平衡的旋转里
极端弯曲的线条
穿越圆圈、球体
抵达一个巅峰心里

记忆是一片绿
天罗地网的境地
把杆是一条绳索
悬挂少女珍珠的梦

黎明的喘息
撒下身后长长的脚印
倒挂的眼睛
能看见满天的星星
和垂落的汗滴

将身体弯曲
为一个即将的目的
把韧带撕裂

泪水无声飞溅

脚尖在膝盖里劳作
音乐在身体里作祟
美丽是种病痛
荣誉会来胁迫

直到太阳休息了
疲惫钻进身体睡觉
激情消解在重复里
梦想也遗失在汗水中

2015. 12

海 边

海风吹进身体
蔓延得周身都是
缩紧的细胞舒展开
入冬以来的困扰

沙子一粒粒嵌进皮肤
银铃般的笑声钻进耳朵
孩子在海滩辟花园
花园里种的是贝壳和小鱼

搬一块石头
撒一把沙子
孩子在浪花里起舞
层层叠叠的海浪追上脚步
快要抓住孩童的快乐

沙子做的沙饼
手捏出曲奇的质地
沙子堆砌的城堡
里面住着孩子的梦想

不用屏住呼吸
也不用随便呼吸
只要把鼻尖轻轻放在风里
呼吸便顺溜滑过身体

沉醉
用来描写身体
像沙粒托起薄薄的一片羽翼
深长的呼吸在指尖和脚尖
牵拉出一个长长的无限

夜色里
我跟着月亮散步
用趾尖去丈量海的尺度

2015. 12

小 记

斜阳的海边
远眺是金
回首是蓝
海浪不断啃噬沙滩

向前迈步
伸左手还是甩右手
每个动作都在思索

螺蛳、贝壳一滩涂
数数、算数
倒背如流
最终还是遗漏了计数

把头埋进海里
仔细沉浮
波浪划过身体
认真体谅生活

金属颗粒吸附的躯体

被海风的浸淫抽掉了筋骨

土豪金的余晖里

瞬间坍塌一地

2015. 12

修　炼

打磨脚尖
让其弯曲、敏锐
像树根攻击地面

深蹲，擦地
亦步亦趋
起踵画圈里
建立根基

修剪指尖
似兰花、竹叶
风中摇曳飘飘欲仙

摆手臂
起波浪
柔软脊椎里
铸造隐忍的坚强

音符灌进躯干
肢体不断延展

历史的魂魄四处扩散

旋律弓曲身体
节奏在骨骼战栗
呼吸控制目光的游离

寻一个支点
把心押上
身体便可解放
灵魂困顿的想象

2015. 12

打　磨

如果身体是灵魂的窠臼
尝试便是不断地打磨
让肢体自由言说
心灵无尽的需求

凝视产生平衡
眺望生出想象
藩篱的边界若有若无

摆脱引力向天
竭尽全力扑地
集中精力对抗
胸腔以下的身体

古典藐视现代
现代反对当代
惶恐的身体想走出
昨天的现在

身体的悖论

被言语利用
生活的唐璜出演
舞台的荒唐

观念的还是语言的
结构的还是身体的
混沌的过往
加剧身体的烦恼

极端滋生痛苦
痛苦催生幻想
生命的花朵极尽开
想要盖住心灵的那一段

回首　生命流过
身体已然在灵魂里起舞

2015. 12

一个人

一张乌烟瘴气的脸

有酒色　有市井

一个赘肉的身体

脏兮兮

有欲望　有抗拒

也不服　也放弃

文字直白、现实

人直接、真实

骄傲、自卑、堕落、谦虚

肮脏、脆弱、玩世、较真

这样一个人

在眼前

文字——从人走来

2015. 12

黑

灯光下
我看到了黑
它就坐在我旁边
那么近
可以摸到
那么远
我看不清
转过身
我看到了自己的恐惧

2015. 12

安娜贝尔

院子里的绣球
春天　它是绿的
嫩绿的圆球挂着露珠

夏天　它是白的
白妍妍的一片好亮丽

秋天　它又是绿的
隆重得有太阳晒过的痕迹

我在院子里犹豫
一天
我拿着剪子
瞬间收拾它一生的美丽

2015.12

元 元

我的女儿
每次远行归来
她都给我端来自己制作的各种佳肴
荞麦饭、老鸭汤、布丁和蛋糕
她在心爱的玩具里给妈妈烹饪她的思念

她有一双巧手
制作各种生活用品
妈妈生日那天
她从学校带回一个用可乐瓶制作的双肩背
上面有颜色、有翅膀
还有纸质喷气机正在喷射着火焰
她说要带妈妈飞上天

她常常拉着妈妈躲进她的房间
一起分享她精心安排的私密空间
喝午茶，讲故事
闪亮亮的眼睛流转着亲密无间

去年的圣诞节

在旅途的间歇
她偷偷给妈妈讲了她的愿望
妈妈在冬夜给她写了封信
以圣诞老爷爷的口吻允诺了
那个未来可以去实现的心愿

昨天夜晚
又是圣诞来临之夜
她悄悄跟妈妈说
今年她想要一个水晶球
可以变出一个她想要的世界

2015. 12

观"数位8"

凝望

血液在山丘里摇晃

蓝色的山丘在呼吸

反复

时间在足尖里摇摆

旋律在山峦里扭动

整齐里的差别

一致中的突出

身体回望血脉的传统

西方在左

东方在右

身体在前

目光在后

放弃手臂

丢掉大腿

拿脊柱去探险

在消耗里积累
用有限刺探无限
重复、延续、开放边界

意识的熵
在反雕饰的躯干里游弋
不预设任何情境

专注聆听
骨骼的声音
极致体验
脊椎突破平面的约定

2015.12

流　民

小地方
被人笑
天不亮就起床
好好学习天天向上
努力奔向北上广

丢失土地
不见树林
没有庄稼
没有鲜花
流离失所在人潮汹涌里

看着红绿灯
踩着斑马线
啃着大馒头
挤上公交车
行色匆匆在尾气中

眼里充满雾
肺里都是霾

喝着工业药水

嚼着彩色塑料

努力做一个都市人

倾轧里成长

自卑里自强

朝九晚五里习惯虚妄

拿繁忙包裹内心的忧伤

被鞭子驱赶的

和被理想驱使的

其实没什么两样

终究是离开土壤

去装点一个不明真相的梦想

2015.12

随　想

有一种翅膀叫绿色

有一种天空叫树叶

有一个词语掉进回忆

原来记忆

它

散落了一地

2015. 12

脚 背

一个角落的零件
不是独立的器官
甚至不是一个完整的构件
模糊地活在身体的末端

走路时身体关注脚掌脚跟
奔跑中你觉察不到它的存在
它体现一种人的身上
每天跟芭蕾相关的日子里

从蹬上舞鞋的那一刻
就有一个部位从身体里独立而起
它被教师挂在嘴上
被舞者惦在心里

每一次起踵
每一次擦地
每一次脚尖离地的抬起
都布满刻骨铭心的记忆

每天掰它

时刻压它

痛楚和泪水也抵不过

看它渐渐隆起的快意

弧度和角度是它的主题

沮丧和欣喜是它的宿命

脚背——

一个具体而重点的命题

今天我看到一个"压脚背神器"

木质的、黄色器具

当脚背绑在神器上

夸张的弧度瞬间隆起

这是一项重大发明

是三寸金莲穿越芭蕾的奇迹

2015. 12

随　想

我在远方有个房间
但我渐渐住回了生活

2015. 12

宵　夜

傍晚坐在窗边听海

女儿从外面回来

满脸的喜悦

给我带回今晚的宵夜

玫瑰红烧肉

鲜花炒蔬菜

绿叶细枝饭

她说好可惜

路上不小心

还洒掉了一碗彩虹汤

2015. 12

弟 弟

妈妈和姐姐在屋里练琴
听到弟弟在门外哭泣
妈妈怕吵了姐姐
急忙开门去看看究竟

弟弟倚靠在门框
大滴的泪珠挂满脸上
妈妈赶忙背起弟弟
在屋里走来走去

弟弟指着姐姐的房间
止不住还哭
妈妈把弟弟背进姐姐屋
让他坐在妈妈身边
弟弟顿时安静

姐姐继续练琴
弟弟抹了眼泪
认真听姐姐拉琴
末了不忘给姐姐一气巴掌声鼓励

弟弟安静地和姐姐在一起
快乐的脸蛋又重新挂上笑意
原来哭泣
是为了挡住他的那扇门
他也想和妈妈一起
走进姐姐的音乐世界

2015. 12

空　气

赤身裸体面对一片废墟
浓烟滚滚弥漫伤痛的眼睛

束手无策的背影
是天使拽着的母亲

躺在床上抚摸雾霾的身体
白夜容纳不下黑夜的喘息

臃肿填塞黑暗的裂缝
肥硕掩藏封闭的自我

情色爬满蚂蚁的足迹
温情充斥死亡的气息

沧桑托起新鲜的生命
少女饰演绝望的游戏

将枪口对准鲜花
饮下一个世纪的疯狂

2016. 1

谶

太阳不听劝说
被后羿射落天空
飞鸟不听劝告
被苦难的弓箭击中

2016. 1

雪 菊

杯子里的水
金红色
泛着不真实的光泽
我的疑惑
是染料对头脑的浸洗

紧裹的身体
被滚烫的水浇灼
一遍又一遍
温度稀释它的汁液
花蕾不改变

那么久
还那么香
水色依旧灿烂
我犹疑
最终释怀了它的美丽

2016. 1

戏

水乡的荒漠
混沌的花园
同时扮演故乡的情节
都有孩子的泪

雪花飘洒高冷
丑陋遮掩无谓
妖媚跌落人间
看守一个虚拟世界

简单执行金钱
粗暴书写谎言
天庭的金枝玉叶
挂满市井风情的寓言

邪恶之鱼演绎嘴唇的紫
火焰裹挟柔软
着急无助地上演
对欲望的一知半解

2016. 1

禾　苗

蓝色花园
冬雪里的忙碌
旋律浇灌新近的嫩芽

新鲜的小花朵
露珠滴滴
节奏踩踏欢快的气息

跑跳直立身躯
起踵平衡站立
举手投足建立未来的身影

手中翻转火棒
音乐旋转彩带
抛接传递童年的欢笑

曾经过往的记忆
像昨天踏进今天的生命
藤圈回转眼前
一切历久弥新

2016.1

耕 耘

我蹲在那里
手扶着孩子的身体
听琴键声声响起
移动的脚步
随节奏舞动
清新的旋律在眼前流动
突然我发觉
自己在种地
看瓜秧发芽
心里一片绿

2016. 1

匠　心

打磨

规格的要求

细节的苛责

无边无际的重复

把自然的身体装进

预设的举手投足

用一颗匠人的心

坚守身体的词语练习

2016. 1

踹　燕

单足尖支撑
确定支点
头部往后紧贴身体

脚背踢向天空
燕子飞身的凌空
双臂向下打开
控制平衡的状态

往后探卷的一瞬
伴随意识真空的速度
身体在千百次的练习里
找到回头的路

2016.1

幻　象

清晰的边缘
模糊的境地
天一样的蓝绿
灰一样的眼睛

狡黠的紫红扭曲土地
孔雀羽毛伸向大海
青蛙皮拱起鲜粉莲
芝麻怀孕蜻蜓飞过

芋头婴儿伸出蓝色的手
云朵的牙齿站立着
黑脚丫装上白腿肚
小红帽的忧伤在天空划过

似是而非的花园
排列出似是而非的字母
远古意识堆砌成当下面容
观看的边界模糊

山峦起伏缀满清晰的传说
花非花
树非树
时光在幻象里游走

自由的生长含混长大
无序交织不确定的面貌
翻滚的小牛和匍匐的大象
最终呈现一个安静的童话

2016. 1

冬 天

我在风雪里
瞬间就失去了味觉
就连呼吸也变得狭窄

原本可以尝一下寒冷的味道
现在除了刺痛
其他都索然无味

回想草长莺飞
千里外
有人在书写春天

散落的乡愁
站不住未来
从明天走过昨天

钻进被窝
睡回儿时妈妈的被子
光阴里找到太阳的滋味

2016. 1

看起来像是悲伤

扳手拧开记忆
红唇留下黑印
手里攥住真理
菊花开不尽

黑鸟站在枝头看向土地
蝴蝶展开翅膀遗失过去
指尖穿过一弯新月
揽住垂落的长发
眼神转头不见

手掬一泓深潭
映不出月亮的身影
金色的戒指
勒出血色痕迹

隐秘疼痛长出身体的青葱
温存耳语撩着记忆模糊
膨胀的情绪压迫呼吸
最后挤出眼角泪滴

绿色植物头顶尖锐的纤毛
红色枫叶围绕闪电受伤
看起来像是悲伤的一双脚
夜色里扔掉身体
一切安宁

2016. 1

思　量

春夏秋冬
四季撷取
一丫、一枝、一叶

太阳下萎凋
手指尖受伤
烈火塑造浓烈的芬芳

伤口长出花果
炭火逼出岩骨
沸水冲撞转眼绽放

取一茶一壶
细细思量
滚烫浇不开隔夜的状况

2016.1

童 年

在一片金色的记忆里看海、听海
在磅礴里触碰、亲昵
浪花里踩出未来的足迹

2016. 2

海

看着海听着浪
在波涛里嬉戏
时光悄悄地雕刻进海滩里

挖一个沙坑
放进双脚
也把所有的身体埋进去

和自己唱歌
也给海歌唱
海浪发出滚滚的回响

手捧海水
装进小桶
顺便把海也装进心里

2016. 2

花　朵

凋零的天空下
一个疼痛的美丽
独自开放
越灿烂愈伤感

2016. 2

情　人

清晨
情人在海边眺望
前世的尘缘
他忘却了
身后的目光
也许是来世的今天

2016. 2. 14

海 蜇

在汪洋大海渴死
海滩上绝望地活着
透明、柔软

海水让大脑死亡
饥饿让生命出现生机
美丽、有毒

学会了理智的漂浮
为了沙滩上窒息的寂静
围观、驻足

它们说阳光可以让身体绚烂
于是随海浪漂到沙滩
灵魂是死亡的注脚

2016. 2

晚 冬

日上枝头
树柳干涸
剩炭精描绘的树叶
挂在梢头
松针着了黄色
灰蒙蒙地站着
等不远的春风吹过
白杨光溜溜矗立
柳枝蓝天下都成了褐色
池塘冰块融了水迹
草地还一片焦色
太阳白花花地照着
所有都纹丝不动
只有一两只鸦雀
提醒着寂静的花园
风未动
春已近

2016.2

我 想

我想回到以前的身体
薄薄的皮肉包裹
纤细的躯体
头脑干净
身体白皙
内脏悬挂整齐
像昔日的星星棱角分明
即便有些微弱
却无限轻盈

我想转动关节
它不会吱吱嘎嘎作响
我想快速奔跑
感觉不到膝盖的存在
我想抬起脚丫
可以随便放在脸庞
我想用手指抓住脚趾
之间没有费力的碰触
我想回到小
可以看到更小的世界

我想回到从前的小

用好奇看着未来的一切

2016. 2

母亲节

萧瑟了一个冬季
花园凋零
房间里尽是暖气的淤积
想着明天的周末
匆匆出门
赶在晚饭前去趟花市
回来给房间制造一点春的气质

玫瑰开了香槟色
郁金香粉了一簇
当令的牡丹绽放了白
我特意挑了些嫩绿
放在一起强调一下春意
夜色里
将它们归置在花瓶
娇嫩的颜色喜悦了心情

熟睡的女儿睁开蒙眬的眼睛
说妈妈有个东西要给你
她起身从床头拿起一枝花束

是一捧五彩纸张堆积的颜色
我接过这滚烫的斑斓
满眼都是春的灿烂
所有的嫩绿瞬间长成繁华的茂密

2016. 3

惊　蛰

雾霾的空气
太阳从灰尘里跃起
天空看到一些光亮的印记

春天还在打盹
树叶等待消息
蜻蜓的卵伏在遥远的过去

怦怦的心跳
滑梯般飞流的心情
是孩童着急掏空的热情

蛰伏一个冬季
积攒了全身的气力
用它来撞击春的门禁

迎着天空
展开身体
弯曲的弧线划开萌动的序曲

2016.3

故 乡

腊肉炕面韭菜叶
水煮菜头辣椒面儿
用麻辣镇压造反的胃
流浪天使玻璃心

司机调笑吹《聊斋》的瀑布
流血的石头原地不动
麻将声弥漫龙门阵的天空
开垮了的酒楼点缀茶余饭后

张大娘的潲水油泛起包面的味儿
炸枯的鲇鱼花椒里游
云阳小面望着滨江的茶座
滋味里想起外婆的吊脚楼

阴雨里甩着家乡的火腿
故乡的气味随石桥没入江水
泛黄的老照片里
依稀可见追逐江流奔跑的岁月

2016.3

心

生活把心切得碎碎的
时间被碾成渣渣的
心火燃在琐碎
伟大堆砌零碎
囫囵吞枣地度过
手心里春的气味

2016.3

蜕

春天

不安和忧伤

看身体的羽翼萌发

盛夏

累积了阳光

翅膀在耀眼的光线下生长

带露珠的血滴

浸润了黑色土地

肥沃无意滋长思虑

卷曲的身体孱弱

如蝉翼的翅膀

绚烂里

透过化茧成蝶的旋律

舌　头

被寒风吹毛的皮肤
找一根舌头
来舔平狂躁的毛孔

舌头的温度
躲在风霜的唇后
隐秘了柔软的念头

言语纵容了舌头
舌头饱蘸词语
用汁液书写身体

瘫软的沼泥
时而勃发生机
向外渗透血样的印记

毛孔呼吸
连同受伤的液体
一起郁结了皮肤的外衣

舌头盲目舔舐的粗粝

同岁月风干在舌尖

消融在唇齿剧烈的啃噬里

2016. 3

风

杏花密密匝匝布满天空

春天开始密不透风

不老的灵魂

就这样

窒息了春风

2016. 3

小 记

海边岩石
千年冲击的样子
铁锈斑驳了时间的颜面
沙砾的孔洞
情侣在上面流连
不小心看见了石头的情色
哑然间发现
是大地透露了爱的秘密

2016. 4

泉

礁溪的阳光在窗外

照着树叶明晃晃

尝一口太阳

火辣辣的烫

温泉的水

泛着碧绿的光

为散落一地的骨头备好

一泓心安的汤

2016. 4

伤

言语的苍白

胜于无言的空谷

最是伤心处

疼痛无法回应

时间凝结

摔落在地

化为炭

我的忧伤

烟消云散

2016. 4

午　后

躺在妈妈的床上

看小院儿的树木

枝叶在风中摇动

柳絮已经长成

上上下下飘浮

像鱼缸里一朵朵游动的金鱼

它们偷偷地看我

偶尔从窗前掠过

我躲在被子里看它们

也看午后的阳光

迷迷糊糊间

想起妈妈柔软的手

2016.4

重　构

我想把筋骨一根根地支起

虽然这个过程很长

也很痛

毕竟

身体已荒废许久

甚至快要忘记昔日的繁荣

当我双手举过头顶

指尖伸向天空

我听到骨骼被牵拉的声响

还有血脉奔涌的快乐

灵魂

渴望在重建的结构里起舞

2016. 5

影

钢琴旋律弹奏发霉
琴键缝隙喘出沉重呼吸
少女身影旋转腐朽
芭蕾还魂几世纪幻梦
看上去又那么美了
时间粗糙了锋利的眼睛

2016. 5

风

我揣摩土地
想要祭奠春天的旋律
我脱掉衣衫
用泥土深陷干涸的身体
我拥抱骤风
让无限限制皮肤
我深深地吸气
想要吹出一个不朽的身躯

2016.5

气

用呼吸去触摸香气
香气虚构了空气
午后的阳光散发慵懒的气息
混杂猫的腥
游游荡荡在城中村的小院里

2016.5

猫和狗

猫在镜子里照出了一张狗脸
狗在书本里看见了变形的身影
镜子迷恋缺陷
还出一个虚幻的世界
猫和狗看不见彼此
平静里相安无事
自认为是猫的狗
和自认为是狗的猫
真相面前无比慌张
它们撕咬从前
仿佛要撕成碎片
忘记了天空和繁星
只想从愤怒的黑夜里
找回那个真实的自己
森林张开双臂
时光锈了铜镜
喑哑的天光粉饰宁静
猫和狗在一起
重新辜负月亮和星星

2016.5

兔　子

千年兔
回头兔
山水兔
依偎兔
万里白雪
掩藏锋利美爪

伫立兔
红嘴兔
蛇盘兔
红了眼的兔
杀气里长出长柄锋刀

兔子的锋利
长成一身的细密
茸毛在光线里
散出幽深的缜密

兔子的山水
笔触退却的深渊

时间冲刷物质
留一个被忽略的空间

兔子的肖像
极端描写的对象
在时间的轴线上
从古代站到现在
宣纸里
站出一身的沉静

2016. 5

绪

时间发酵了情绪
时间造就了距离
对未知的迷恋
是无知的深渊
阴差阳错
错过坠落的季节

2016. 5

影　子

衣钩的投影
长出双腿的阴影
寥寥地站在抽风机的声音里

铝合金的边框
包裹住咖啡的纹样
锁芯里泄露了秘密的景象

坐在空洞的快感上
注视浮游的气象
灰色的线条弯曲褐色的眼光

抽身离开的房间
一片凌乱的水声
影子流下寂寥的波纹

2016.5

晨

窗外的嘈杂声
一声一声刺进耳膜
睡梦里的机翼
四分五裂
一片一片刺穿梦境

手里的脉络越来越弱
云朵也快消失了线索
被叨扰的清晨
晕晕乎乎
脱下睡意
躺回白日梦里

2016. 5

树

我要把自己长成一棵树
让岁月的青苔包裹住
银灰色的蕨草长成胸前的记忆
南飞的燕子衔来故乡的印记
夕阳的远山
红日落下满目的海水
我的记忆
再远也走不过身后的树影

2016.6

我所见到的海

我所见到的海

一半是天空

一半是潮水

我所见到的海

一半是深蓝

一半是粉红

我所见到的海

一半是脚步

一半是水袖

我所见到的海

一半是深远

一半是幻梦

我所见到的海

一边波光粼粼

一边无穷无尽

2016. 6

鸟　岛

海岛的身影
被挂在天空里
树丛里的太阳
刺猬一样地藏起

阳光印到树干上
听羽毛从树枝飞起的声响
草绿在翅尖抖动
鸟儿头顶燃一撮鲜亮的红

风很静
摸不到它的声音
光很足
闭上眼睛就能触到它的眩晕

海浪在身边跳跃
浪花转眼就钻进海底
海鹰从天空飞起
瞬间扎向丰沛的鱼群

我在阳光里游离
用指尖挥舞太阳的气息
我恣意思绪
让身影随波浪远行

2016.6

花

白妍妍的心头肉
又一年花开
太阳晒过四季
终又落回小院儿
我的等待
在一个轮回里落地

2016. 6

湿地记忆

嫩绿、老绿
青绿、灰绿
小车河逐年收藏新绿

湖水、溪水
井水、河水
湿地里流淌光阴的泉水

记忆的山峦
缀满骄阳的光晕
夏天里全是乡野的足印

湖水清
不见底
白花花的身体
被太阳赶进水里

碧玉的镜子
碎成波光点点
剩一两朵花裙

艳艳地开在坝顶

2016. 6

流

午后阳光

时间在唇齿间流淌

血样珀色嵌入岁月天光

青绿焕发草香

四季在水里荡漾

琴声流出指尖

雪般在空气中飘荡

岩骨花香

昨日山野的气场

涓涓清流滑进心底的海洋

2016. 6

时　间

时间是条索
时间是圆球
时间是紧扣住眼球的网络

时间的流淌
时间之流逝
时间栖息在模糊的本质

时间怀揣了颜色
时间散发着温度
时间是紧闭眼帘的巨大云朵

时间之偶然
时间的秘密
时间流动在过去和未来的细节里

2016. 7

表　皮

平面的沟壑
平面的深渊
平面的纵深平展了空间

表面的热烈
表面的忧伤
表面的表情长成表皮的新装

斑斓的人群
斑斓的天空
斑斓的疼痛覆盖过往的过错

破碎的头发
破碎的面容
破碎的肖像里一堆破碎的魂魄

2016. 7

夜菩提

城市风景

蓝调盛开的花季

灵魂相遇在风车转动里

琼浆玉液的洗礼

身体滑落至旋律

醉的梦境

不期而遇的夜色

酒精深处

遇见自己

2016.7

Poomba

拿身体歌　用灵魂唱
吟诵的曲调高亢又癫狂
口琴飘出撩人的风骚
转调里却是低吟的哀伤

游荡的灵歌挥舞在手中
萨满招魂了摇滚的躯壳
撕裂的嗓音撕裂着身体
满场的黑调散发冷酷的轻盈

羽毛般的身体浸润了太极
腾空飘落散去无尽
黑色耀眼在万丈光芒
喷薄金刚叶落寂静

2016.7

撒 娇

又一次取道香格里拉

我在土司府用身姿画了一个角度

默默说，这里是四海的中心

弯曲的弧线容纳不同的维度

流星沿夜空画了一张弯弓

我即起舞

趁夜色氤氲了篝火

妩媚的弯刀

斜挂在土司府的墙上

绵里藏针的撒娇

是暗夜里

口红旋出的锋刀

2016. 8

色

眼睛里的天空一抹红
照片里的天空一阵灰
屋顶的天空纸片一样悬空
我轻易见风吹走了云朵
躺在地上随旋律移动
看星星在纸片上闪烁
瞳孔相信了天空的颜色
镜头说出不同的感受
我的迷惑
证明色彩的诱惑
炫目的天空
不觉中
收摄了我的魂魄

2016. 8

蓝

蓝色颗粒挂满墙壁
蓝色颗粒铺陈大地
踩上去
脚底
一片光晕

远处的光
幽暗
牵引我前去
空间幽闭
伸手不及
光线透过颗粒清晰照见自己
踯躅前行
不敢碰触四壁
害怕墙面在指尖退成光晕

小心翼翼呼吸
蓝色穿透身体
目光被深渊牢牢牵引
远处有比海更深的蓝

眼底是比黑更多的暗

2016. 9

天　花

我这样一只井底蛙

时常望着头顶的天花

看云朵一片片滑过

我的天空

就是眼睛看到的那一圈蓝光

听说外面的世界很大

我似乎触摸不到

眼前的图画

鸟儿刺溜划过屋顶

音符便一点点刻下天光

秋天的树叶在天窗闪烁

风吹过

我能看到

金红和枯黄的旋律悄悄地蠕动

就在屋顶的圆形天空

我把手心对着天花

看阳光穿过粉红的指丫

我的血脉很大　手掌很小
我看屋顶的天空
天空很小　心思很大

2016. 10

劲 儿

我就这样较劲儿
用肌肉和身体
我就这般抗拒
引力作用下的重力

我用力弯曲脊柱
腹肌拼命去顶住
我竭力伸直脊梁
意念控制身体的维度

我迈出脚步
筋腱努力抗拒步幅
我双手插向天空
血液在指尖奔涌

在一张一弛里听时间的节奏
在卷曲和舒展里看无限的节制
在对抗的缝隙凝神集中
较劲儿的间歇身体虚无

展开双臂

脑海变得无垠

环抱双腿

世界拥入怀中

我在较劲儿里体验生命的张力

在对抗里接受精神的洗礼

2016. 10

阴　影

钢铁的肢体火焰锤炼
铸成　一张人面兽脸
肌肉爆裂的躯干压弯了膝盖
跪下　一只衣冠禽兽

碎片信息贴满壮硕的身体
无法整理破碎的躯体
绝望里不再抬起
曾经轻盈的双臂

趴下
屈就一个千年的模样
跪着
从此将头颅深深垂落

惨烈的阳光
散淡泻下
精神随身体的维度弯曲
身体倾斜在精神的阴影里

2016. 10

无　题

闲着

把心搁在屋外

散步

看烟囱飘着白雾

昨夜八了一晚的卦

酒精浸泡的言语

飞了一晚上

年关

纷扰琐碎了一地

扫不起

时间沉淀的耳语

窗外

鸦雀飞舞寒冬

树枝

光溜溜地挤占天空

闲着

让身体充满空气

看灰白的树林

密密麻麻站进心里

2016. 12

海　湾

天空下的蓝

守着一湾沙滩

在年和年的交接处

海天凝滞

偶有浪头跃起

潮水在白沙上留下

夜晚褪去的痕迹

礁石黝黑

海浪裹挟浪花

层层叠叠扑向沙滩

后退的身影里

留一片明净

2016.12

爱 情

臂弯里的优雅

穿越安格尔的图画

依偎着笑脸对话

蓝色天空勾勒古典的边缘

紧闭双眼

看见快乐无限

手里搂着的是一缕春色

一抹红

一个心底的笑容

2017. 1

微　醺

草的浪花

层层叠叠的金

镶嵌了绿丝丝的茎

围绕湖的碧玉

果香的花香的汁液

清新酸甜地缀满

口唇里爆发的春之季

夏天把各种滋味调和在一起

端在山色潋滟里

就着一潭的碧绿

轻易地采撷花果的记忆

午后清凉的山风

摇曳金灿灿的草木

身体已悄悄填满

各种秘密的微醺剂

2017.1

梦　境

灵魂在夜晚苏醒

旋律在耳边响起

纵身于悬崖

是一望无际的星云

隔着烟尘

看心在慢慢滴下眼泪

把身体放得很低

低到了微尘里

2017. 1

旋　律

红尘里修行
红尘里疗伤
用红尘打磨灵性的光芒
灵魂的支点在酒精里坍塌
却在指尖滚滚里找到
一个旋律的回抱
创造一个世界让灵魂舞蹈
心便会有安宁的回望

2017. 1

试

你们看到的那些

图片

漂亮的

甜美的

修饰的

矫饰的

掩饰的

腻味的

瞬间

我实在是想

在日常里

找到一些平庸的口味

2017. 2

无　题

身体越过身体
肉体跨越无限
鸡窝里的肉体
随风而起
苹果袭击了肉体
肉体遮挡住太阳

2017. 2

无　题

生命的质感
只存在几个生命的节点
其余都是一地鸡毛
一片琐碎
对狼藉的坚守
终将成就一个平凡的伟大

2017

山水间遥想

春日
我应该在苍山下
望漫天的云彩
春天
我应该坐在窗前
收集满目的樱花

起身看一抹春的气息
我在千里外遥想
山水间的空气
花朵挤满了天空
红彤彤等香气
词语般溢满山野
候鸟已在春日里会聚
太阳里采撷阳光的秘密

听下关的风吹落上关的花
等苍山的雪映洱海的月
光线明晃晃地扎进眼底
耗费时光打理的日子

都在溪谷里

落红一地的句子

2017. 3

夜　茶

夜晚
起身给自己沏壶茶
寻思了一下
大红袍吧
温杯后的干茶
一阵浓郁的芬芳
深吸一口气
在气味里
寻找昔日的奶香

开汤
第一泡
金黄的颜色
瞬间安抚了疲劳的眼眶
还是那样的澄明
一如记忆的清亮
滚烫的茶水等不及
一口香气在唇齿间荡漾

第二泡

时间在手中的画册里
坐了一个杯
轻微的苦涩洋溢了舌边
化开
在一两口呼吸之间

第三泡
专注出汤
听金黄汁液徐徐落下
缓缓入口
有花香四溢
唇齿间流淌温润的液体
闭上眼
用舌尖触摸自己
回想起孩提时
喝银耳汤的情景

2017.3

春 茶

毛茸茸的白芽卷了身体

轻轻松松地

和绿芽挤在一起

青幽幽的香气悄悄往上升起

光是眼睛

就已尝到了春的气息

甜滋滋的汤水滑进唇里

举起茶杯

看嫩芽缓缓舒展肢体

光线里

豆青的叶片慢慢悠悠

躺满清澈的汤底

照见千里外采茶人

悉心呵护的春意

2017. 3

无　题

午后时光
虚构的鸟雀
看盛装的牡丹着了相
莲花幽幽
风拂水草
一碗茶汤的天光
倒影一半的枯草
一半的清香

2017. 4

黄　昏

灰红的天空

太阳挂成月亮的颜色

银白的圆盘不闪亮

模糊地藏起火热

霾色里

面目不清

让人惦起那藏好的欲念

忘了昨天

金色的光线

穿透深绿的边界

阳光掠过树林

抚慰生命的丰年

眼前的世界

虚拟的快乐空间

来路不明的野火

傍晚点燃了漫天的飞絮

掩藏的花蕊

火光里烧成飞蛾一片

行色匆匆

来不及等月亮的弯钩

变色的太阳像一轮新月

斜斜地照进暮色之中

2017. 5

魅

一阵大风

妖怪来了

吹出一个明媚的黄昏

村口的柳树

半真半假

斜阳里指着模糊的小道

白衣人

赴一场夜宴

皮肉里裹一颗

腐烂的心

琥珀血滴挂在指尖

飞鱼的身体

持续风干在分针里

月亮沾满了灰尘

天空透不过它的光影

小茜卧石头上褪去衣裳

香气便游走在聊斋里

龙门阵的茶汤

迷糊心房

酒精的血腥

滋养磨砂的皮囊

落英没入水底

灼红了一潭的深水

如月流云

窃窃洗白夜色的躯体

2017. 5

无　题

无垢从身体出离

安静地

游走在人群里

尘土

灰白了游魂

好奇

触摸到怜悯

了无声息

大梦初醒

虚空的身影

依然悬挂在那里

2017. 6

茶　则

一片斑竹

一片云彩

一片茶色

一片馨香

一片深绿

一片清凉

一片悠然

一片暖意

一片天空

一片荡漾

2017. 5

言　语

那么多的口语
那么多的大白话
那么多用日常堆积的言语
我那么想在词语里
看见波光粼粼的样子

2017.6

绿

那么多的绿

叶子是绿花是绿

那么深的绿

苹果是绿柿子也是绿

女孩的裙子染了绿

活泼泼地在水里漂来漂去

华丽丽的绿

丰润的绿

白白的绣球染了绿

蝴蝶在盛夏飞来飞去

蝉鸣声铺满花园浓郁的一季

2017. 7

月亮的味道

月亮是什么味道呢？
月亮是一个蛋饼的味道
薄薄的一片淡黄色
圆圆地拿在手里
咬上去一口
脆脆的、甜甜的

月亮是什么味道呢？
它看上去像一片厚厚的宣纸
用小刀划出的一个圆圈
它有粉色的脸庞
还有微笑的嘴角
它有着一种暖暖的味道

月亮的味道招来海龟、大象、
长颈鹿和斑马
还有狮子、狐狸和猴子
它们想在夜色里够着月亮
瞪着眼睛去咂摸月亮的味道

月亮还是什么味道呢？

月亮是小动物向往好奇的味道

一步步地爬

一个叠起一个

在最高处小老鼠的嘴里

尝到了梦想的味道

2017. 10

观"数位9"

蓝色的山丘隐去昨日的数字
灰白的肉体改变了观看的角度
夏日蜉蝣
蠕动一世的聊赖
无聊
悸动了百无聊赖的情愫
灰白的肉冢压住低沉的旋律
灰白按捺了压抑

夏日的天空
黄昏时的喑哑
旋律像蚊子一样地萦绕
拱起的身体
砸下无聊的情绪
扭动的躯干
泥泞般等待干涸的时期

膝盖在无聊里摆动
无聊地消耗生命的律动
脚踝划过灰白的空气

灰白的空气流出凝滞的气息

遥不可及的肉身
抽干了人间的情绪
蠕动的躯体
尘埃堆积于世的表里
肉身的丰碑
穿过平面的对视
毛发深重的摆动
甩出音符森森的节奏

律动了悸动
无聊寻了无聊的时刻
肉体翻转昏沉
昏沉悸动肉身节律地蠕动

观看
由远及近的躯壳
耀眼的灰白伫立着山河
前尘的山峦
时间过滤了所有的颜色
平铺的身体
面孔是天

后背是地

一悸是百年的光阴

一动便是千年飘过的云朵

浮生一世的聊赖

散漫了灰白的山丘

灰白的肉体凝结一瞬的山河

2017. 11

仰望星空

他在笑
交叉双脚
半蹲着大笑
他交叉双手
放置胸口
将胸中意气晾在白日之中
他把文字扭成身体
用身体拼接游戏
汉字的迷宫重构新鲜的境遇

换个姿势
双手抬起
玩笑里尽是恣意的放弃
低矮的天花屈膝了双腿
后仰的脊柱挑起狂笑的身影
梦花园的眼睛
洞悉青瓦白墙的游戏
昂起的下颌
任风云激荡而起

转过身体

收集过往的步履

弯曲的膝盖支撑密集的思绪

碎片的事件

叠加琐碎的场景

看时光身下长长的照影

双手叉腰

侧身长笑

当下的穹顶仰望星空万里

2017. 12

季

星际轰鸣

穿过灰蓝的光影

忽明忽暗的声响

叩击玄黄如许的躯体

春季

星云里的悸动

胶着的身体

暗潮涌动

朦胧的节奏

伸出无序的肉体

电流的声音

持续一个缓慢的苏醒

轻盈

如涓涓细流的神秘

远古飘来的青云

在昏黄的光线里演绎

洪流涌进

裹挟翻云覆雨的肢体

缠绕身体的紧密

伸展、奋进
生命之树的根茎
盛夏里剧烈地收紧
春的恣意
奔流飞泻于
寂静的午后光阴

流云的身体
秋蝉般的透明
钟鼓鸣响
长河落日前的宁静
推拉、拽落的肢体
翻滚延续着生息
尘归尘，叶归叶
时光缓慢汇入
雾霭氤氲的谷底

光晕的身体
盛开暗夜的前夕
混沌的天地
肢体撑出一片玄韵
冥想
用肉身的光芒

裹挟翻滚了

一个世纪的洪荒

2017. 11

走跑的隐喻

迷茫的人群聚集天地间的昏黄
迷乱里开启了
未知的征途
前行的大地尘土飞扬
争先恐后地找寻错乱的慌张

飞旋的风暴里深情对望
匆匆的脚步
来不及拥抱
迷惑的眼光探寻失落的远方
驻足的身影
随风摇荡

走，走，走失在人群
走着，走着，错过一生的际遇
彼此凝望遗失了目光
转身便陌路前行
停下脚步观望远处
人群的脚步变换了
不同的节奏

人们团聚

人们分离

人们不得不相互

遥不可及

隔着千山万水

惺惺相惜

山巅上吹响一世的风云

相互对峙

相互搀扶

倾轧的空间里

相互挽留

风中的身影飘浮着裙摆

相拥的缝隙

甩出前世的尘埃

迎着太阳

绝望地奔跑

穿越丛林

跨越荆棘

夕阳里人们指认太阳

后退的阴影里

献出祭祀的生命

风中的脚步
透支的身体
步履蹒跚倒下血肉身躯
奔跑的人群
跨过
一具具横陈的尸体
血色黄土收殓残余的生命

2018. 1

"字" 承

花团锦簇的汉字
覆盖迷宫纵深的空间
刀斧凿出时间的缝隙

纵横的沟壑拼接历史的表面
大地勾勒文字的渊源
月光映照方圆大地
横竖都深不见底

花木竹林的世界
才子方知金戈围实的山川
撇捺女子用一条秀腿
成全一个锦绣河山

一泓终南山浸润的泉
冲泡遗留千年的枝叶
香气散尽岁月
水滴里都是山河的气味

2018. 1

冬

等了一个冬天
没有等到一片雪
北京的天气特别冷

呼吸间
寒冷钻进身体
硬生生
扎着心底

抬手
用掌心接住太阳
模糊的火球
散发遥远的光芒

用衣袖掸掸
冰封的天空
让冬日的太阳
变得稍许暖和

风吹云过

天空格外明亮
像橡皮擦
擦出的迹象

北方的雪
今年下到了南方
北京的天空
剩一个明晃晃的天窗

2018. 2. 1

舞　术

沉静地摆弄书写的脉络

深蹲里演绎推手之际

癫狂

头顶危险的轻佻

独自陶醉于风声鹤唳的周遭

害怕刀光

也害怕声响

害怕一个捏造的真相

手持红缨枪的欲望

跌跌撞撞地游荡

象征主义的弓箭瞄向

一望无际的空旷

危机四伏的眼光穿透黑夜幕僚

黑色飞檐弯出月色清高

纸片裁剪出的妖孽

挑衅欲望的边界

狂笑的声响撕裂阴影里的绝望

眼泪风干在倒挂的头皮上

链接
来自宇宙发出的征兆
刀光剑影里充斥肉身的火药
壮士头顶悬一线天光
火枪里毙掉一众的虚妄

2018. 2. 3

2018 惊蛰

洋水仙蹿出了头
叶片还躲在泥土中
小绵羊没见到一丝生气
干枯的枝丫支撑着
去年颓败的繁华

海棠沉睡
零落的果实
挂在墙角枝头
忘了收割
去年满园盛放的花朵
在寒夜遁去
枝条散落

春日里相聚
揣一兜
攒了一冬的热气
把晦涩阴霾剁来涮了
就着桃花吃火锅

2018. 3. 9

伤　花

雪球

圣洁的花瓣堆出雪片的山峦

月光美人

深春里开出夏季的繁华

我的忧伤

一把拢不住的荣光

2018. 5

2018 的安娜贝尔

初夏的安娜贝尔
浓绿的花朵缀上了头
肥厚的叶子花茎壮
我给她喝茶
偶尔也有点红酒
我时常默念"你是我的小花朵"

回想她
一年年站在篱笆前
艳艳地笑一个夏
直到深秋
才换回绿油油的外套
等待收获

前些日子
六月雪
沉甸甸地飞舞了两周
来不及赴
花前月下的邀约
便洒落一地的雪片花

我盼望安娜贝尔

夏日里久久地凝望

除了太阳下的耀眼

她还是一丛月光的女儿花

在我心心念念的日子里

她爆出了花芽

在我一天天的等待里

她把自己开成了阳光下的遮阳帽

2018. 5. 30

万神庙

神说：有光
便有了光
千年余晖
挤进昏暗殿堂
万神欢庆
坠落凡尘的喧嚣
石棺冰凉
祭奠人驱散神的过往

2018. 8. 1

牧　神

忧伤的午后

牧神闻风起舞

石头黯然

托起长长的舞步

牧神头顶

犄角划过帷幕

日落

旋律丝丝

回荡庞贝的天空

伸手触摸

情爱的温度

顺手接过

酒神递来的美酒

畅饮

等待爱神眷顾

每一次激情的追索

都剩顾影自怜的

落寞

2018. 8

生

一群人
草木里长出了肉身
根须还未褪尽
晨曦便落满了全身
伫立着冥想
等时间剥落残余的须根

那一族
石头雕琢的人
任时光斑驳了新鲜
他们的后代
在庞贝的烟尘里
持续永生

2018. 8

幻　月

把一切直指幻象

我安心地躺下

即便身体还有针扎的痛楚

我的注视下

月亮褪去了它的想象

2018. 8

问　松

在史金松的树下

询古问今

手中的松针如此逼近

针叶散去香气

一根根地站立

褪尽绿意

剩时间的记忆

沿满地的松针

追寻树龄

剥掉皮的根茎

盘旋一地

螺丝拧住的树干

倔强伫立

虚假木头

演绎真实的松林

头顶的月亮

闪着不太寒的光芒

月亮的帽子拖着冗长尾光

松下问月

问一个现在的月亮

远古的追思

是否被锁在了铁皮天空

2018. 9

曼弄老寨

谷子金黄的时节
茶花白了树梢
绿叶渗出浓郁的汁液
染香一唇的芬芳

2018.9

车溪年华

夜晚的乌镇

一鼻子的桂花味儿

黄澄澄的柚子缀满树梢

水道勾勒出

星罗棋布的木栅

青石板的街巷

游走戏里戏外的扮相

车溪畔的年华里

动物磁性放大人间喜剧

螃蟹跌进糟卤

醉了一夜的话语

葱油拌面的午夜

猪油迷糊了嘴唇

也迷糊着心房

就着夜色

把外婆家的定胜糕

咬成心里的弯月亮

歌唱声声在吉他琴弦

眼前的荷塘

唱回青涩的年华

旋律悠悠

闪回过往的记忆

顺着流水

探寻一出出悲喜剧

夜晚的黄酒温暖了床榻

耳畔回响着

声声慢慢的小调

炒螺蛳的鲜辣在味蕾

烙下印记

枕水的人家

收藏红男绿女的流年风华

2018. 10

感

灰色的墙上
写着诗人一生的感叹
"人不到五十不该写诗"
我想到蜜蜂或是果实
不经历四季
恐怕分泌不了
那么香甜的"诗句"

2018. 10. 26

脉　络

深深浅浅的条
浓浓淡淡的线
慢慢地生长出一个
冷冷静静的世界

灰色来自久远的血液
由红变暗
笔尖勾勒一个
缓慢生长的空间

枯坐的男人背对太阳
身后释放着血脉偾张
灰色天景缓和了背影
懈怠的身体遗漏了情绪

弯弯的河道流经田格的土地
笔尖探寻未知的领地
奔涌的血液滴落墨色结晶
纸面冷静陷入笔墨无限的境遇

过往血脉编织暗淡的天光

赤身躺在灰色大地

无望的双手放弃了天空

天空灰暗模糊了面容

细密的笔触

层层叠叠的交错

一笔一画都是长长的试错

灰白肉体演化网络的躯体

血液奔涌流成静默主体

2018. 10

唐招提寺

午后的寺院
阳光透过树叶
照碎石一路斑驳
松间行走
词语掉落
松软的脚下
踩出缓慢的节奏
乌鸦飞过屋顶
发出一两声鸣叫
树梢停落
秋色没有明显的寒
斜阳洒进庭院
留一丝暖
身后是一地的散淡

2018.10

严 力

八十年代
严力把葫芦拧成身体
再把音乐倒出葫芦
装进自己的大脑里
这一倒就倒了三十年
现如今音乐还是那些音符
身体已不是那个葫芦
他在碎片的黑胶里
把音乐铸成一个凝固的自己

2018. 11. 18

棍

一种重力
一种重复
一种轻盈的凝重

一个暗夜
一束光线
一个循环往复的游动

一根棍子
一副身体
一个生命的悸动

一直旋转
一直挥舞
一具灵魂在飘忽

舞至精微处
神明在闪烁
幽暗的火光划出梵境的轮廓

2018. 12

艺　途

达利的天空下
看不到虚构以外的世相
剧场的金人簇拥着纪念碑的荣耀
起航的方舟挂满深蓝的梦想
瘫软的时间垂滴在树丫上

异形的生命爬满寂静的海滩
孩童的注视里没有目光
安静听雨声的悲悯
上帝的眼泪滴落
管风琴在人间响起

每天万步的行走
穿梭于千百个心手凝聚的思索
灵魂的火花和着斑斓的颜色
挥洒出每个时代耀眼的华彩

狂奔的旅途
让童年的记忆沾满色彩的饕餮
以备时间的剥落

不会剩光溜溜的赤裸

坐在帆船和皇宫之间
把时间抛撒在太阳下面
拿铁的滋味里回味马拉加的港口
云霞悄悄爬满玻璃的蓬皮杜

走一个提森看一个毕加索
孩子的身影泅满了色彩的天空

2018. 12

白　水

以白水为酒

告别密集的舞步

琴声汩汩敲击山石的腹部

流水在

黑与白的浪花层叠下

汹涌不见了

时间消逝的空白

远山

松烟迷离了衣衫

寂寥的光影生出枯木的光斑

落影返照的静流

月色氤氲的长河

云门烟沉处

怀想山林雨歇的帷幕

2019. 4. 22

风吹草木盛

小满
深绿转眼覆盖了嫩绿
黄的绿
绿的绿
层层叠叠簇拥着夏季

六月
雪球落下
开败的枝丫掩映在树林
柠檬爆出白白的花朵
新生的果子
太阳里青涩和繁华共荣

杨絮不见了踪影
柳条飘尽飞絮
鸢尾的身影轻摇在光线里
夏天刚刚长出灼热的风情
奈何草便在暖风里乱了发髻

推开窗

草木滚滚的香
夏日的繁茂灌满空气的味道
风吹过
树木飞扬

2019. 5

莫斯科俯瞰

树木深绿

河水墨蓝

铅灰的天空下

草甸泛着青绿的微澜

一片辽阔宏大的沃野

夏天

我看到一个感冒的季节

2019. 5. 26

废　城

后花园的前尘

阳光冰封了城池

任海风侵蚀着海岸

疮痍遍布美人

黄的墙，粉的车

空荡荡的街道

没有斑马线的路

绿色装饰空洞眼眶

太阳滋长着甜蜜热情

蔚蓝的海边

巧克力用半熟的言语索要 CUC

你们那么美丽

你们住在哪里

请给我一个 CUC

请再给我一个 CUC

请给我一顿午饭的硬币

海水湛蓝

海湾悠长

壮汉手推空空的垃圾车

信天翁划过天空

眼底的礁石垃圾遍布

太阳灼烤路面塌陷

老爷车浮夸在桑巴里晃荡

年轻的欲望集结在街头

虚弱的肥胖四处游荡

不愿做奴隶的人们

无事可做

阳光下找不到他们的食物

糜烂城池发酵迷幻花草

空气里弥漫烟草的味道

血红的花树站满街市的墙角

颓败墙皮剥落了朗姆酒的浓香

用诗酒浸泡的叶片

音乐里搓出节奏的 Cohiba

黄色烟叶

烈日下定格半世纪前的繁华

2019. 8. 7

传　说

格桑

格桑花

格桑

一个女子

格桑

阳光下开成艳粉一片

高原草甸

格桑的身影

度母的眼泪

2018. 8. 11

处　理

脱下衣裳
把烦恼挂上衣架
心里了无迹象
写下所有的琐碎
输入手机
用微信发掉
万事皆了

2019. 8

致洗尘

猛火可以
烧出黏稠的大米汤
是这个夏天
在洗尘家里学到的

深情
可以续命
是洗尘刚刚发布的
新诗主题

这个夏天
从大理到北京
一路儿女的琐事
直到今夜翻开洗尘的新书
才明白
所有的付出
是让我们葆有
"持久的心安和幸福"

2019. 8. 12

日 记

子夜合上洗尘的诗集
在头脑里把他的
词语和思绪
还有我熟悉的环境
进行了一场
对比
一个句子
一首诗
便是
一个生活场景
我有点心虚
像在偷看他的日记
也突然觉得
诗就该就给熟悉的人看
不熟悉的人
看了
也是白看

2019. 8

和诗一首

看洗尘的
《一首浅薄或刻薄的诗》
有一种
欢欣鼓舞的感觉
以貌取人
长久以来就是我
判断人的标准
对此，我常常耿耿于怀
今天看到这些句子
不仅合我心意
也让我释怀
我还想补充一点
如果在心里
已经有了距离
除了不看他的诗
我一定会在物理距离上
和心里保持一致

2019. 8

丰岛水滴

时间在水滴里缓流

慢、静止

水滴在时间里膨胀

长、充盈

秋蝉声声

催鸟鸣

风过丝线

天成镜

水滴

滑进浅池里

2019.8

心　流

灵魂坠入身体的深渊
昏然琐碎的凡间
肉身的困惑
挥舞在乾坤之间

冰雪的水滴
穿透沉睡的身体
深陷的漩涡
甩开灵魂和身体的距离

由里及表地抽离
心神一点点地散去
身体那么小
盛不下昨日庞大的情绪

站在峰峦之巅
用文字勾勒云霞万千
伸手抓住云朵
呼吸带着魂魄游走

肢体像树叶被萃取
泥土变化躯干的质地
思绪里描摹着
深秋溢出的一丝暖意

昏沉的世纪
已然是肉身的藩篱
天地间的呼吸
找寻心河流淌的气息

2019. 11

夜宴图

锦溪河畔八角亭
祁国用青花美人温出黄酒
醇香蘸满水八仙

远处的风景
走向身边的山水
一池残荷塘

禅院钟响
以酒当歌
秋风催人少年还

2019. 11

"12 滴"

青石板上的露珠
春日里滚动
溪水汩汩

露珠晶莹
透过灰白的天空
一点点膨胀

露珠柔软
带着太阳的味道
在青石板上缓缓滑动

露珠静谧
安静地
听风轻轻划过

一滴划过
一滴悄悄接着
一滴接着一滴

2019. 11. 18

慢　想

从前慢
风吹长
我想走回自己的心跳
看手指穿过麦浪
阳光拨动琴弦
日头便不动了

昨日慢
风过缓
松林里闻香望明月
看叶片在青纱里摇曳
午后的太阳便
懒懒地挂在山石上

2019. 11. 25

雪　夜

我委身的这方土
已被白雪盖住
铅灰的天空
雪片依旧

昨夜里悬崖惊梦
起身看大片雪花飘落
子夜倾倒着冬意
一箩又一箩

春天在暗夜里挥手
冬夜渐渐模糊了面目
词语已无法穷尽
漫天的念头

思念在体内聚集
思绪随雪片飞舞
远山的草籽在冬季
已悄然出头

2019. 12

听 海

风筝

挂在灰蓝的天空

远处

星光依稀

暗夜里

浪涛汹涌

看海浪

白花花涌上心头

听海

也听

心底澎湃的声音

飞　翔

采集阳光的翅膀
向着岁月深处飞翔
前行的路上
守望梦想

2020

荡

荡

荡荡

去荡荡

去空荡荡的草地上

荡一荡

四周空荡荡

草地空荡荡

在空荡荡的秋千

荡一荡

荡上秋千

花园空荡荡

天空空荡荡

笑声空荡荡

太阳大而无当

明晃晃

在春风里荡一荡

在阳光下荡一荡

在童年里荡一荡

荡上天空

翻上云朵

用脚去踢一踢

午后昏黄的圆球

荡荡

去荡荡

去空空荡荡的海滩

荡一荡

海浪声声

回响空荡荡的沙滩

孩童的笑声

回荡在昨日的海边

空荡荡

空空荡荡

礁石空荡荡

天空空荡荡

浪花空荡荡

空荡荡的海岸线

画出一个空荡荡的边界

在海潮里荡一荡

在思绪间荡一荡

在波涛里荡一荡

荡荡身体

荡荡思虑

给空空荡荡的心

荡涤一份暂时的安详

2020. 2. 23

闲　赋

不适宜

是闲

是闲得至极的

人生思虑

孤寂

闲极的宿命

凡尘里

出离琐碎的幸运

主题

生活就是宏大叙事

琐琐碎碎间

铺陈核心的意义

那些卑微与高尚

愁苦和欢欣

还有孤芳自赏的心意

都在生命面前

失去意义

2020. 4

图书在版编目（ＣＩＰ）数据

灯光下 / 渝儿著. -- 武汉：长江文艺出版社，
2021.6
　　ISBN 978-7-5702-1865-3

　　Ⅰ. ①灯… Ⅱ. ①渝… Ⅲ. ①诗集－中国－当代
Ⅳ. ①I227

　　中国版本图书馆 CIP 数据核字（2020）第 199465 号

灯光下
DENG GUANG XIA

———————————————————————————————

封面题字：刘　光　　　　　　封面绘画：岳敏君
责任编辑：谈　骁　　　　　　责任校对：毛　娟
封面设计：祁泽娟　　　　　　责任印制：邱　莉　　王光兴

———————————————————————————————

出版：长江出版传媒　　长江文艺出版社

地址：武汉市雄楚大街 268 号　　　邮编：430070
发行：长江文艺出版社
http://www.cjlap.com
印刷：湖北新华印务有限公司

———————————————————————————————

开本：787 毫米×1092 毫米　　1/32　　印张：6.75　　插页：4 页
版次：2021 年 6 月第 1 版　　　　2021 年 6 月第 1 次印刷
行数：3618 行

———————————————————————————————

定价：49.00 元

———————————————————————————————